그래도 살아볼 가치는 있잖아

그래도 살아볼 가치는 있잖아

오태화

작가의 말

   사실 이제 막 첫 책을 출간하는 작가로서 작가의 말을 쓴다는 것은 어색하고 왠지 모르게 주제넘게 느껴집니다.

또한, 글에 모든 것을 담아야 하는 작가로서 또 다른 첨언은 사족이라는 생각도 들었습니다.

그러나 그래도 작가의 말을 적는 까닭은 먼저 꼭 독자 여러분께 드려야만 했던 이야기가 있었던 까닭이며, 이 자리를 빌려 감사할 분들이 너무도 많았던 까닭입니다.

이 시집 속의 시들은 누군가의 인생입니다.

저는 이 시를 통해서 마음속 깊이 간직한 상처와 슬픔도 글로써 위로해주고 품어주고 싶다는 그 마음을 전달하고자 했습니다.

인생은 그래도 살만한 것이고, 조금만 고개를 돌려보면 나와 같은 아픔을 가슴 깊이 품고 사는 많은 삶이 있습니다.

또한, 세상은 언제나 힘들고 지친 어떤 이도 외롭게 버려둘 정도로 차갑지는 않습니다.

세상 참 살만한 곳이구나 하는 마음이 시를 읽으며 저절로 들었다면 저는 반쯤은 성공한 것이겠죠.

제가 가장 신뢰하는 것은 말이 아닌 글의 힘입니다.

그러나 실력과 능력의 부족으로 많은 마음을 껴안기는 어렵다는 것을 절실히 느꼈습니다.

앞으로 더욱 고민하고 노력해서 더 따뜻한 글로 다시 돌아오겠습니다.

다음으로 많은 분들께 감사를 드립니다.

먼저 사랑하는 부모님과 가족들께 감사드립니다. 언제나 힘이 되어주고 곁을 지켜준 가족들은 제 가장 큰 힘입니다.

다음으로 제 글의 토대를 닦아주시고, 가르쳐주신 숭의중학교 안세희 선생님, 문성고등학교 김영훈 선생님, 양지웅 선생님께 감사드립니다.

선생님들께서 제 삶을 그려내는 법을 가르쳐주셨고, 색을 칠해주셨으며 지금도 제 삶을 이끌어주시는 버팀목이십니다.

제게 시대정신과 정치에 대해 알게 해주신 광주 광산구 갑 이용빈 국회의원께도 감사드립니다.

시대에 대해 어렴풋이 느끼고 글로써 그려 가는 데 등대이자 든든한 스승님이 되어주셨습니다.

예수향교회 김영철 목사님을 비롯한 교회의 식구들께 감사드립니다.

여러분들은 차가운 세상에서 하나님과 함께 하는 삶을

배우게 해 주셨고, 제 신앙의 길잡이이자 소중한 가족입니다.

　마지막으로, 이 책을 출간하는 모든 영광을
제 삶의 주인이자, 영광의 주인, 모든 지혜의 근간이며
제 모든 글의 뿌리가 되신 주 아버지 하나님께 다시 돌려드리고자 합니다. 기쁘게 받아주시기를 기도합니다.

　다시 한번 부족한 글을 읽어주신 독자 여러분께 진심으로 감사드립니다.

목차

제1부_ 사랑

제2부_ 시대

제3부_ 삶

제4부_ 계절

제5부_ 끝

제1부

사랑

길에서 말이야

그대는 알까
함께 걷고 있는 이 길이
내게는 기적이라는 것을

늦은 가을 길가에 핀 코스모스가
축축 늘어져 있음은
그 꽃잎 꽃잎마다
내가 지나간 길을 따라
짠물을 가득 담고 있던 까닭임을

영원히 끝나지 않을 듯하던 그 길을
마침내 주름진 두 손을 꼭 붙잡고는
해질녘의 빛을 가득 받으며
한 순간의 그대라도 담아보면서
그렇게 걸어왔단 사실을

흙먼지 풀풀 날리는 이 길은
수없는 눈물의 길이었고
기적처럼 빼곡히 들어찬 행복이 함께했으며

온 가슴이 타오르는 이 기적을
끝나지 않을 것처럼 이어지는
이 길의 끝에서
결국 마주했던 한 사람이
나란히 걷고 있다는 것을

너는 내게는

너를 통해서 나는
웃음이 아름답다는 것을 배웠다

제대로 웃어본 적 없는 내가
실없는 농담에도
속 깊은 곳부터 간질이는 그 기분에
어느새 입꼬리가 움찔거렸다

너를 통해서 나는
기다림이 얼마나 초조한 일인지 배웠다

친한 친구의 오랜만의 메신저도
다른 어느 이의 사랑한단 고백조차도
너의 짧은 답장 하나 전에는
성가신 심통의 과녁일 뿐이었다

그리고 너를 통해서 나는
네가 얼마나 소중한지 배웠다

기적같은 세상 속에서
기적같이 태어나
기적같이 너를 만났다

그렇게 어느새
나의 세상은 오직 너였다

너를 만나러

너에게로 가는 길
나는 4차선 고속도로를 빠져나와
굽이굽이 마을 길을 따라 페달을 밟는다

창문도 반쯤 내려보고
기타 줄 소리 통통대는
기분 좋은 옛 노래는 잠시 덮어둔다

자갈 부딪히는 소리,
바람도 부딪히는 소리,
멀리 샛거리 한잔에 흥얼대는 노랫소리
어젯밤 내린 비에 꼴꼴대는 개울소리

너에게로 가는 길
묵묵히 돌아가는 그 길이
오늘의 그 길도 나에겐 기적이기에

나는 떵동대는 내비게이션도 꺼버리고는
그렇게 그렇게 너에게 가까워진다

너에게로 가는 길
한숨조차도 시가 되는 그 길

그대가 존재한다는 것은

누굴 위한 것이었을까
낙엽 떨어지는 거리에서
위태롭게 버티고 선
붉은 가을의 마지막 한 조각은

차마 눈에 담기조차 아픈
타는 가을의 기억은
마음의 골 속에 침전하여
한 발자욱을 더
겨울을 향해 뻗어나간다

문득 눈을 들어
가을을 헤어보는 내겐
그 헤아림 순간 순간마다
그대가 살아서 숨쉬고 있기에

나는 오늘도 그대와 함께
이제는 따스히 감싸줄 흰 눈과
다시 저물지 않을 겨울을 기다릴 수 있어서

단지 그대가 숨쉬는
가을 하늘 밑 어딘가에서
그 옷자락을 나리며
오늘도 씁쓰레한 삶을 이어가고 있기에

오늘도
저물어가는 가을의 넋을 보며
그렇듯
웃어줄 수 있었다

제주도에서 보냈어요

제주도에는요
구멍 뚫린 돌담길에도
눈을 감으면 이야기가 있습니다

바다 끝 언저리에 내려앉은
부드러운 솜구름에도
속삭이는 노래가 있습니다

그런데 오늘따라
정말로 보고 싶은 사람도 있습니다

항상 기다려지고
함께 있을 때조차도 그리워지는
그런 사람이 있습니다

유난히 그 사람과의 한 걸음
그 기적 같은 한 발자국이
이야기가 되고, 노래가 되는
그런 사람이 있습니다

내가 보고 있는 저 하늘
귓가를 간질이는 바람의 노래를
그 사람과 함께 하고 싶습니다

가끔 전해보는 안부에도
괜시리 두 뺨에 가을이 내리는
내게는 밝게 빛나는
그런 사람이 있습니다

그대가 다가온다는 것

살그머니 열린 창문 사이로
문득 바람이 가을을 데려온다

그때였을까
낙엽 내음 사이로
그대가 스쳐 들어온 것은

달빛이 두드리는 창문소리에
달아난 잠을 쫓아버리곤 바라본
고개 저편의 별 사이에도
그대가
부끄러운 미소와 함께 그대가 빛난다

고개를 흔들고
손을 마주 털어보아도
그대가 떨어지지 않음은

어쩌면 내 코 끝까지
가을 내음이 잔뜩
들이닥친 탓인가보다

비가 오는 날

비가 내리고
세상 모든 것이 조용히 잠들 때쯤
여기 홀로 웃음 짓고 있는
한 남자가 있습니다.

벌써 몇 해 전
비가 아무런 감흥도 없이 내리던 날
가슴 깊은 속에서 살던 새 한 마리는
둥지만 남겨두고 떠나가 버렸습니다.

그의 가슴속에 남아버린 둥지는
비가 내리는 날이 되면
새의 흔적을 느끼며
홀로 괴로워하고는 했습니다.

그러나 왜일까요
비가 내리는 날이면
아프던 가슴이
비가 갠 맑은 날이면
더욱이 무겁게 아파옵니다.

비가 오는 날이면
느껴지던 새의 흔적이
비가 갠 날이면
한 줌도 없이 사라져가기 때문일까요.

비가 오는 날이면
비와 함께 그대가 왔다가
비가 그치면서
사라져 버리기 때문이었을까요

마음속에는

내 마음 한 구석엔
푸르스름한 새벽녘의 별빛이
아른거린다

문득 밀려 올라가는 정향의 향기는
하늘 끝 어딘가에 닿아서
그대 닮은 푸른 밤이 되었나보다

상쾌한 바람이 가득 불어오는 밤
오늘은 유난히도 창가가 떠오른다

삶의 헤어짐을 안은 이는
다시 만남의 희망으로
버티고 살 수 있건만

나는 그대 품 같은 밤하늘 안에서
그대 기억이라는 야트막한 언덕이라도
두 손 가득히 쥐어뜯으며

그렇게 또 한 밤을
살아가는 것은 아니고
그저 배웅해 보내야만 하는가보다

그대가 떠난 후

그대가 떠나간 날
간밤의 그림자는 잊어버린 듯
아침 해는 야속하게 밝았다

아무 말도 하지 않은 것은
내 숨 속 어딘가에 남아있을
그대의 숨결을 떠나보낼 수 없었기 때문이었다
나는 그대가 떠나간 후에도
차마 그 연기 위에 그대를 그릴 수 없었다

한낱 연기로
그대의 뒷모습이 남게 되지 않도록
나는 무거운 눈꺼풀을 애써 들어 올리며
그대의 가벼운 미소를 응시해야 했다

그대가 다른 이를 만나 기억될 수 있었다면
만일 또 다른 누군가가
그대를 그리며 하루를 보낼 수 있었다면
나는 그대를 기어코는 잊을 수 있었을 텐데

억겁의 시간 동안
그 여린 마음을 가다듬으며
홀로 걸어가야만 할 길을
서둘러 떠나버린 그대가
오늘은 너무나 그립다

그대가 떠나버린 후
나 역시 그 억겁의 시간 동안
그대의 발자국을 따라
묵묵히 고개를 숙여 그림자를 그려간다

어제 꿈에선

오늘 아침은 유난히 상쾌합니다
괜시리 웃음도 나오고
휘파람도 한번 불어보고 싶어요

지난밤 꿈에는
웃는 얼굴의 당신이
나를 꼭 안아주었기 때문입니다

그런데 괜히 눈물이 나와요
잔을 잡은 손도 떨리기만 합니다

이제 시든 꽃은 잊어달라며
훨훨 날아가는 나비를 그려보라던
그대의 눈물 고인 눈동자가
다시 떠올랐거든요

그래서 오늘은 나비를 그렸어요
도화지 한가운데에
예쁜 꽃 한 송이와
사뿐히 앉은 나비를요

창가에는 아침 일찍 사놓은
당신 닮은 안개꽃 한 아름과
보랏빛 짙은 히아신스도 한 송이 있어요

그러니 당신은 나비가 되어 주세요
시들까 걱정하는 여린 꽃이 아니라
훨훨 날아 내게로 돌아오는 나비가

언제든 창문은 열어둘게요
달빛도, 별빛도 들어오겠지만
당신도 바람 되어서 찾아와주세요
히아신스 향기를 가득 싣고 날아주세요

걱정 말아요

아침에 일어나서
습관처럼 휴대전화를 집어 들었어요
간밤에 잘 잤나요

졸린 눈을 비비면서도
더 이상 나오지 않는 찻잎을 또 우려서
따뜻한 차 한 잔은 꼭 마셨어요

옷을 다 차려입고 나서는 현관
유난히 당신 닮은 하늘이 아름다워서
멍하니 바라만 보다 사진도 찍어뒀구요

오늘은 점심을 먹고 돌아오는 길
넥타이 끝에 묻은 라면국물에
괜시리 목이 메어 헛기침을 했어요

넥타이 바꾸기 싫었는데
이제 걸어둬야겠네요

헐레벌떡 일을 마치고 돌아온 저녁
생일을 맞은 우리 아들
가장 좋아하는 치즈케이크를 사 들고 가서는
그래도 촛불도 붙이고는 함께 먹었어요

그래도 다행이에요
당신 걱정하지 말아요
오늘 하루도 나 잘 버텼어요
당신 말도 잘 들었어요

저녁 하늘이 침침하더니
마침 비가 떨어지네요
오늘 밤은 길어질 것 같은데
아프게 울지 말아요
사랑해요 걱정 말아요

제2부

시대

성냥팔이

김 서린 창밖으로
한 조각의 설움이 비친다

따뜻하다 못해 뜨겁게 타오르는
벽난로 속의 장작불과
그 속에 들지 못해
떨어야만 하는 설움

땀이 나 창문을 열어야 하더냐
온기를 조금만 나누어주렴

따스함 속은 춥다
온몸이 떨릴 만큼

창밖에 새어나온 아지랑이도
내 마음에서는
추위가 되더라

슬픈 연극

재밌는 꼴이다

웬 생쥐 한 마리가
고양이 잠자는 앞 구멍에
머리를 쏙 하고 내민다

고양이 한 마리는
두 눈 다 감은 체하며
한 발을 쏙
그림자부터 내민다

아 그 생쥐 한 마리는
우리 고양님은 배고파서 어쩌나 하며
눈물 콧물 다 닦는데

배고픈 체 입 꼭 닫던 고양이는
살포시 들어 올린 생쥐를
제 입에 꼭 담는다

울어줄 이 따로 있고
울어줄 곳 따로 있더라

홀로 도시

회색빛 도시의 그림자 사이
빗물 고인 골목에서
움푹 파인 웅덩이 거울에
가만히 나를 끼워넣어본다.

등 뒤 외로이 서있는 가로등 하나가
나를 보고는 깜박인다.
한번 두번. 자꾸만

나를 보며 묻는다
'애, 홀로 선 너도 이방인이니?'
나는 답한다
'나는 나일 뿐이야'

다시 묻는다

'애, 넌 왜 홀로 있니?'

나는 답한다

'누구나 홀로 있을 뿐이야.'

내가 묻는다

'그럼 홀로 선 너는 이방인이니?'

'나는 너일 뿐이야.'

내가 내게 묻는다

'나는 이방인이니?'

'그래 나는 이방인일 뿐이야'

그러자 그가 내가 답했다

'너는 내게 이방인일 뿐이야.'

나는 그에게 그는 나에게

'그래 나는 나일 뿐이야'

음악이 죽은 시대

오늘도 마음이 없어 삭막한
새로 난 아지랑이 위를
귀를 기울이며 걷는다

음악이 죽은 시대

길가에서부터 들려오던
어느 누군가의 인생은
어느 누군가를 위한
굳어버린 가면이 될 뿐이었다.

음악이 죽은 시대

이제는 마음을 간질이지 않고
몸을 근질이는,
사람을 울리지 않고
마음을 흔드는 시대

바로 여기는 음악이 죽은 시대
그리고
사랑마저 죽어버린 시대

몽당연필

저기 마을 어귀에는
우리 마을의 자랑
몽당연필 공장 하나가 있다

몽당연필은 못내 자랑스럽다
온 마을이 잔치도 벌이고 축하도 한다

돼지도, 소도 잡으면서
몽당연필 이야기에 밤새는 줄도 모른다

어제는 김씨네 몽당연필이
서울 어귀에 팔려가기로 했나보더라

새벽이슬 채 마르기 전부터
온 동네가 부산이다

다 닳아져버린 몽당연필
얼마 버티지도 못할 듯이 파리하건만

무엇이 그리 좋아서
무엇이 그리
부끄럽지도 않은지

저기 마을 어귀에는
우리 마을의 자랑
정선생네 몽당연필 공장 하나가 있다

악어의 눈물

악어가 간사하다더라
먹이를 먹기 전에
자못 미안한 양 대신 울어주고는
그렇게도 맛나게 식사를 마친다더라

악어 우는 꼴은
혀 끌끌 차며 침이나 뱉는데
악어한테 먹히는 생쥐 울음소리는 안 들렸으려나

침 한번 뱉기 전에
손이라도 뻗어서
죽어라 우는 생쥐
그 가는 눈물이라도 닦아주련만

울어주는 뻔뻔함이나
혀만 끌끌 대는 인심이나
눈물 가볍기는 참 매한가지다

야경

창밖은 어느새 저녁 품에 안겼다
금자탑은 부끄러운 줄도 모르고 찬란하다

사람 떨어져 다치는 건 참아도
저것들 떨어지는 꼴은 못 본다

요즘은 이름까지 붙여넣는다지
제 이름마저 주어가며 그렇게 빛을 낸다

문인은 글에 파묻히는데
저것은 유난히 눈에 거슬린다

날 저문 줄도 모르는 비둘기야
친구들에게 가거든 말해주렴

오늘 밤엔 근사한 숲을 보았노라고
부끄러움이 제 부끄러움도 모르고는
고개 당당히 들고 서 있노라고

저들 얼굴이 붉어진 줄도 모르고
하늘 가를 듯이 서 있노라고

누군가의 글은 짓밟혀 파묻혀도
저 숲은 무너지지 않겠더라고
날개 달려 태어난 게 즐겁노라고

그리고는 침이라도 거하게 뱉고는
어딘가 글 속으로 날아가주렴

우스운 시대

우리를 감싼 공기마저
마음대로 마시지 못하는 시대

한낮의 고생을
친구와 술 한잔에 털어내지 못하고
한밤의 고민을
커피 한잔에 녹여내지 못하는
단절의 시대
끊어진 시대

그러나 원망할 이 하나 없는 이 시대
산처럼 쌓인 쓰레기 더미와
발 디딜 틈도 없이 올라선
빌딩 숲속에서
팔다리는 다 자르고
그저 배만 불려 가던 이 시대

모두가 만들어낸 이 시대
침묵도 죄가 되는 이 시대
죄인들의 시대
그리고 우스운 시대

생각할 사 슬퍼할 도

화난 듯 성큼거리는 발걸음에도
목이 절반만큼 움츠러든다

당장이라도 열쇠 쩔렁이는 주인네가
욕설이라도 퍼부으며 내쫓을 듯하다
저러다 저 주인네 쓰러지면 어쩌나

기침과 함께 욕지기가 올라온다
일생이 변기와 가깝다
주린 배를 부여잡고 한참을 잊으려 한다
찝찔한 물이라도 반갑다

장판 벌어진 틈을 타고
곰팡내는 영토를 넓혀나간다
저들끼리는 살판 났다

어느 순간 쥐가 된 기분이다
쌀 파먹으러 들어간 쥐는
무슨 잘못으로 어르신네와 함께 몽질당했나

어르신네는 울어줄 처라도 있었고
비명이나 적어줄 아들놈도 있었건만
쥐는 그저 흙으로 돌아갔겠지

그래도 그 작은 곳이라도
함께 갈 것 있어서
아버지 걱정도 마시라며
그 어르신네는 가시며 방긋 웃었을 것이다

그러니 어르신네 걱정 말고
쥐 걱정이나 하자

화난 주인네도 자꾸 정정해진다
아무래도 내가 자꾸
허리를 빳빳히 다림질해 줬나 보다

주인네도 허리 한껏 펴는데
나도 허리나 펴고 살자 하는데
욕지기는 그렇게 올라온다

거울 시대

풍족한 이 한 사람이 떠났다

한평생 부족하다는 말 없이도
옷 기우고 끼니 걸러 가며
때 놓쳐 휘어진 허리에도 꼿꼿하게

갈 때가 되니 배도 가득 찬다고
평생 참은 눈물 가득 찬 배를 두드리며
속 시원하게 웃으며 떠났다

부족한 이 한 사람도 떠났다

차는 낡아빠진 1년 된 외제차에
부족하다며 핀잔을 들고는 부족했던지
잘 익은 싸구려 로마네콩티 한 병 들이붓고는

아이 하나, 아빠 하나, 그리고 엄마 하나
부족함 없었던 가족들 단란하게 나들이 보내주곤
아직도 성이 차지 않은 듯이
재수도 없어, 재수 옴 붙은 날이라며

부족하다며, 부족하다고
제 신세 한탄하다 보니
문득 비참해졌던지 남 탓하며 떠나갔다

유난히 거울이 빛나는 하루
이 시대를 살아가고 있는 나는
무엇을 듣고, 무엇을 써야 하나
한숨도 일상이 되는 하루

제3부

삶

그래도 살아볼 가치는 있잖아

시란 말이야
삶을 그리고
인생을 칠하는 이들이
저마다 한 세상씩 떠메고는
하늘 섞인 색을 적어보는 일이야

그렇게 사람을 살려보아야지
한 사람의 삶이라도
소중함을 그려준다면
저마다 살아볼 가치가 있는 것을

세상 전부가
삶에 대해 조롱하고 점수를 메길지라도
시 그래 시 만큼은
부드럽게 감싸 안아주어야지

시란 말이야
한 사람의 축 처진 어깨 위에
날개라도 하나 그려주어

그래 인생 한번
뭐 별거 있냐며
다시 고향별로 날아가도록

그래 인생 하나를
그렇게 감싸 주는 거지

미명

낙엽 떨어진 자리엔
한 없이 붉은 마음만이 남아있다

여름의 불꽃에 다 타들어 가버린 채
흘려보냄을 가득 채워 넣은 듯이
부딪히는 미명에 떨리는
삶의 치욕스러운 무게가 사그라진다

언젠가 스쳐갔던 구름이 흔들린 끝에
삶의 망각은 한 톨씩
바람 잦은 상처 많은 둥치에
붉은 소리로 쌓여만 갔다

언젠가 떨어질 것을 알고서도
확실한 슬픔의 길을 걸어가는 곤고함

세상 속을 휘저어가는
짧은 생의 조각에게는
그조차도
하나의 마지막 허락된
등불 쌓인 길이다

오로지 미명에 감싸인
가을의 조각이 되어 타들어가도록
다시는 사그라들지 않도록 생을 걸어보는
마지막 하나의 발걸음이다

묻다

'난 슬퍼할 수밖에 없는 사람일까?'
'어쩌면 그건 네가 이 땅에 올 때 크나큰 슬픔을 담아왔기 때문일지도 몰라.'
'무슨 슬픔이었을까?'
'어쩌면 그것은 언젠가 떠나야 한다는 안타까움. 아니면 언젠가 반드시 떠날 이들에 대한 아쉬움. 아니면 영원히 돌아오지 않을 이들에 대한 그리움일 거야.'

'슬픔. 그것은 어쩌면 나 자신일지도 몰라'
'그래. 어쩌면 슬퍼하는 것은 네 숙명, 어두운 하늘 밑에선 언제나 그래야 하는 걸지도.'

'그런데 나는 행복한 걸까?'
'그럼, 행복하지. 사랑하는 이들을 그저 곁에서 지켜보기라도 할 수 있는 즐거움.

아니면 줄 수만 있는 사랑이라도 할 수 있는 설렘.

아니면 그저 사랑하는 이들을 마음 한 켠에 떠올려볼 수

라도 있는 기쁨. 어쩌면 그럴 거야.

'밤 하늘이 더 아름답구나. 오늘 밤 하늘이.'

 '그럼. 밤하늘은 단지 검지 않단다. 그 속에 섞여있는 수

많은 어리석음, 즐거움, 황홀함, 노여움, 외로움, 그리고

기쁨과 사랑.'

 '그래. 밤하늘은 빛나고 있구나.'

'사랑을 그리며 헤집어보는 밤하늘이

 오늘은

 너무도 밝게 그 자리에서

 네게 웃음짓고 있구나.'

'아이야. 오래 살아남거라. 언젠가 새벽이 찾아와 밤하늘이 밝아질 때까지.'

'그래. 그때까진 나는. 그저 사랑하고 살아가야지.'

'그저 사랑하며, 또 너를 위해 사랑하는 이가 반드시 있다는 것을 알고는 네 두려움을 비웃어주렴.'

'그저 사랑하며, 그저 지켜보고, 또 그저 웃어줄 뿐이지.'

'꽃은 나비와 새를 기다릴 뿐. 결코 먼저 부르지 않는단다. 나는 비록 떠나지만 언제나 떠나지 않는 것과 같지.'

'언젠간 다시 돌아올 필요도 없겠네. 늘 함께 있을 테니.'

'아이야. 언젠가 함께 걸어줄 사람이 올 때까지. 그날까진 언제고 함께 걸어주마. 단지 그럴 뿐이야.'

'난 그저 걸어갈 뿐이야. 옆을 돌아보며 외로움을 느낄 새도 없이. 그렇게 언제나.'

누군가에 대해 쓰다

시는 즐거운 것이었다

오로지 그것만이
쥐어 짜낼 것은 모조리 쥐어 짜낸
노인의 등처럼 굽은 손마디의
괴리된 젊은 마음에서
하얗다 못해 푸르른 얼굴색과
덥수룩한 수염마저도 씻어내 주었고

끊긴 지 오래지만
서울 사람들은 알지도 못하는
스물세 칸짜리 징검다리 건너의
사그라져가는 오두막 방 한 칸에서조차
마음 하나까지 번제로 드리며
어느 누군가의 삶을 차지할 수 있었다

숨마저 장담할 수 없는
갈라진 땅 위에 홀로 선 나는
여기 바로 이곳에서
온갖 마른 가축들과 풀을 한데 모아
연기로 날려
다시 올 행운을 향해 손짓한다

뼈를 깎는 고통 속에
오직 남은 한 조각마저도 갈아
연기와 함께 또 한 생을 써내려간다

세상이 나를 버릴지라도

세상의 고개는
어딘지 살짝 돌아가 있다

아주 뚜렷이 돌아가진 않아도
살짝, 아주 작게는
분명히 돌아가 꺾여있더라

구름 가는 길마다
마음도 꺾여가는 바람이 분다

그을은 속에선 생담배의 냄새가 한가득이건만
내 고개도 조금은 꺾인 탓일까
구름 떠가는 길목에 서서
세상에서 가장 불행하다는 한 사람의
아픈 염증도 마셔주는 내가 처량하다

세상이 고개를 꺾는다
저 앞에 걸어갔던 아저씨의 휘어진 걸음도
얄팍한 눈길에 조용히 찍힌 작은 반항도
고개를 꺾어버린 탓일까

남겨진 눈 사이 발자국을
바지 밑단 젖을까 따라 걷는 내가
유난히 구슬프고 미운 하루다

세월

햇살이 조각나 떠다니는 오후
나는 눈을 세게 비비고는
물결 가는 길을 배웅한다

잔잔했던 탓일까
기묘한 일렁임이
영혼의 상처 속에 자리 잡는다

물결이 가는 것은
시간이 가는 탓이라고
구름은 떠가는 게 아닌
떠나가는 것이라고

문득 물가 버드나무는
가녀린 어깨를 떨기 시작한다
어딘지 차가워진 뺨이
굳어가기 시작함은

그저 부서지는 낙엽조차도
그 어떤 이의 발걸음이었고
산 저편에서는
넘어오던 휘파람 소리가
귓가보단 마음을 간질인 탓일까

슬픈 운명

슬픈 운명이었다
이 거리 끝 저편에서 피어오르는
달궈진 아스팔트 냄새가
내 옷 속을 후비고 들어와 맴돌 때
나는 밤하늘 속의 별과 같이 생각했다

세상의 무게는 때로는 너무도 버거워
고독의 쓸쓸한 무게를 잊게 만든다
그리고 숨 막히는 바쁜 일상이 끝나고

우울한 저녁과 주말이 오면
나는 생과 사의 경계를 구분하지 못할 만큼
때로는 삶을 놓치기도 했던 것이다

사랑은 쓸쓸한 것이었고
이별은 즐거운 것이었으며
사람을 사랑하는 것은 구속이었으며
생과의 단절은 때로는 행복이었다

그리고 그토록 밝은 주말의
흐릿한 회색 구름 가득한 화단엔
언제나 여린 풀벌레 하나가
나와 세상의 마지막 단절을 막곤 했던 것이다

슬픈 운명이었다
비를 맞음을 앎에도
몸 숨길 지붕 하나 가지지 못한
너무도 작은 운명이었던 것이다

희망이 작더라도

세상이 가볍던 어느 시절
때로는 새로운 종이 위에
나의 큰 꿈을 그려가며
즐거움에 빠져든 때가 있었다

그러나 기나긴 삶
지루한 시간들 속에서
세상의 배낭 안에
삶의 모든 무게를 집어넣은 후엔
왜인지 모를 아픔 한 조각만이 함께하고 있었다

쉴 틈 없이 휘몰아치는
고독한 숨소리의 삶의 무게에
투정조차 부리지 못한 나는
내 삶의 유일한 안식처를 찾아
미지근한 욕조 속에 봄을 누인다

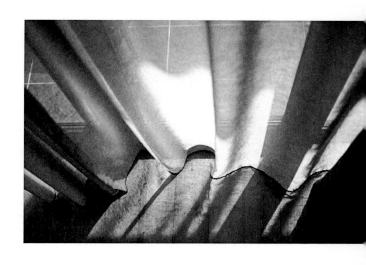

이 해가 지고 새로운 해가 떠오르면
그려보았던 옛 꿈들이 다가오리라
기억보다 오래전 누군가 들려줬던 말은
웃을 틈 없는 떠돌이의 삶에
이질적인 무언가를 가져다준다

벌써 수천 번째 저물어 가는
영원한 오늘의 해를 바라보며 나는
내일 해의 그 바보 같은 희망으로
또 다시 한 밤을 헤아려 본다

시절을 그리워하며

겨울날 주말의 넉넉한 창가에 앉아
풀이 죽은 낙엽나무 소리와
칼날을 안고 불어오는 바람 소리에
나는 거룩한 인류의 하찮은 산물을
두 귀에 끼워버린다

주말의 나태한 휴식에도
나는 전장 한가운데 서서
한없이 쏘아대는 총알을 피하며
가늘고 질긴 생명을 하나 지키려
안달이 난 생명의 집착과 다름은 아니다

끝없이 나를 당기려 안간힘 써대는
꼴사나운 도시의 손아귀는
그 먼 어느 한 곳에서 숨 쉬는
나에게로 자꾸만 다가오고야 마는 것이다

무심결에 키운 볼륨만큼이나
터질 듯이 흔들리는 두 귀와 함께
한없이 커지는 심장 소리에 맞춰
나는 주체할 수 없는 전율을 느낀다

이윽고 그 끝의 어느 한순간
저 먼 생명의 땅 어느 곳에서
상록수 가지를 흔들며 불어온 바람에
나는 눈을 감는다. 얼어붙는다

생각이 많아서

저녁 밥상 앞에 앉아
오늘의 아침을 그리워한다

찌개 끓는 소리가
내 속의 진동과 공명한다

고집스레 한 숟갈을 떠서는
끝까지 깊이 집어넣는다

왜인지 축축하고 짭짤한 맛
생각이 많아서
생각이 많아서 그랬을 것이다

글을 쓴다는 것

오늘은 멍하니
빈 화면을 바라보고만 있었다

내 글의 역사는 짧고도 알량하다
하찮은 배설이 뻗어 나가
글이 되고, 올가미가 된다

길게도 적힌 문장의
그 마지막 한 점을 찍는 데는
하루하고 반나절이 걸린다

문득 오늘 내려다본 손등은
으스스하게도 조금 불그스름하다
가을이 내려온 것이면 좋으련만

누군가의 목숨줄을

두 손목에 올가미처럼 걸고는

나는 오늘도 신음 속에 마침을 적는다

가득 차진 않아도

무거워 보지 않아도
가벼움의 즐거움은 알게 되더라

한가득 채워보지 않아도
비움의 새로움은 알게 되더라

가을이 내린 가로수길
단풍도 은행도 저마다 떨어내기에

가을이 비운 길가는
가을로 가득 차 있다

나로도 가득 차진 않기에
나는 오늘 하루를
남으로 가득 채워볼 수 있더라

내가 한가득 비워놓았기에
가볍게 걸어가는 길가는
제법 가을 향이 들어차더라

제4부

계절

봄 하늘

저 너머에는
우리들의 고향이 있을까

어느 순간에
원인 모를 그리움이 들 때면
나는 운전대를 꺾어
쿠룽대는 바다를 마주하러 간다

아침의 만원 버스 차창 너머로 보이던
괜히 설레는 봄 하늘빛에
마음 한켠에 그리움이 솟는다

우리에게 고향이 있다면
그건 저 푸른 봄 하늘일까
그 너머 어딘가에
우리가 안겨야 할 품이 있을까

내 어깨에도
봄이 내려앉았다

꽃가루 때문일거야

오늘 아침은
가슴 언저리가 간지럽다

겉도 아니고 속도 아니고
애매하고 별스럽게 간질인다

창밖을 덮은
꽃들의 분가루에

그래 나도
분가루 한껏 들이마셨나보다

오늘은 괜시리
비나 왔으면

여름을 바라보다가

여름 계곡의 물소리는 맑다
봄의 여린 마음을 벗어버리고는
거리낄 것 없이
티 하나 없이 휘돌아 멀어진다

문득 들여다본 거울 속
내 머리의 어느 끝에도 여름이 보인다

이제는 익어가야 하건만
겨울의 새하얀 그림자를 보지 못하고
철없이 흘러가는 삶의 계절

오늘은 괜히
낙엽에 심통이 난다
멀찍이 차버린다

낙엽 귀한 줄 모르는
이 푸르른 여름날의 하루

그 여름날

송끄란의 밤
저문 해의 무게와 이별하고는
아침 해를 맞이하는 습기 어린 밤

일상의 사슬을 벗어던진 이들이
거리마다 몰려나와
까닭 없이 웃으며
얼싸안고 춤을 추는 열기 어린 밤

여름의 그 밤
이국의 향취가 거리를 지배하고
공기마저 취해버린 밤

거리 온통 가득 고인 웅덩이의
달큰한 물비린내가 가득한 거리는
가을의 그림자는 잊어버리곤
저마다 더위를 떨어내던 곳

너를 처음 만난 밤
하늘의 저편은
저마다 송끄란에 취해있었다

이국의 정취가 코끝을 간질이던 그 밤
벚꽃 냄새의 아련함도
모두 날아가 버린 그 여름날

여름의 추억

창가 끝까지 손을 뻗쳐온
푸른 숲의 소나무 잔향과
야속하리만치 따스한
가을빛 한 조각은

떠나가 버린 여름의
부드럽던 그러나 황홀했던
계곡 물소리
그리고 그대의 여름 향기를 떠올리게 한다

날리는 가을 숲의 비
울며 부는 서늘한 바람과
외로이 거리를 뒹구는 낙엽 소리
해가 저물며 내리는 붉은빛 추억은

그대와 나, 나와 그대를
가슴 깊은 곳에 묻어두고는
슬픔 그 건너의 찬란한 웃음으로
울면서
울면서 가버린다

가을 교정

언제부터인가 낙엽 내음이 코끝을 간질이더니
가을은 이렇게 우리곁에 내려앉았다

자랑하는 마음도
샘내는 마음도 없이
누가 알아주지 않아도
그저 묵묵히 익어만 간다

누군가의 사랑은 여름을 딛고
맞잡은 두 손은 가을의 경치가 된다

그리고 추억
어쩐지 쓸쓸한 겨울의 추억을
가을은 부드럽게 감싸 안아준다

그리고 그 가을 동화의 끝엔
언제나 봄의 지저귐이 가득하다

그렇기에 길가에 내려앉은 가을엔
마음이 더불어 넉넉해진다

어느새
가을이 내 어깨 위에도 앉았나보다

가을은 어디에나

가을은 붉음 속에만 있지는 않다
저 말라가는 낙엽 무지 속에만 있지는 않다

누렇게 익어가는 은행잎에도
자못 겸손히 고개 숙여가는 낱알 위에도
그리고 나의 아버지
어쩐지 축 처진 사랑하는 그 어깨 위에도

가을은
가을은 내려있다

나의 어머니의 따뜻한 눈빛 속에도
그 사랑 속에도
어느새 가을은 가득 들어차 있다

낙엽이 멈추어 주었으면 좋으련만
내 생에 또 한 번의 기적 같았던
올해의 가을이 다시 떠나간다

가을이었다

저물어가는
인생의 끝은 아름다워라

솔과 라가 만들어내는
사랑이 산재된 음악 속엔
기쁨과 사랑과 쓸쓸함과 가을
그 서글픈 시간들이 있다

사랑하여라
붉은 가을 한 사발과
때론 뒤늦게 피어난 국화와 함께
삶의 소리를 찬양하여라

사랑 또는 아픔
음악 속엔 사랑
쓸쓸함과 아픔은 가을 속에
삶의 진정한 끝은 마음속에 있었음을

오늘이며 내일이 오지 않을 것을 아쉬워하며
끝없이 붉어지는 가을은 눈시울에 떨어졌을까
어쩌면 오늘은 시간 대신
낙엽 내음새가 스쳐갈 것이다

눈꽃이기를

부모님 머리끝에
단풍이 곱게 내려앉은 줄만 알았건만

눈 한번 다시 뜨니
겨울 그림자가 소복히 내려앉았다

내 머리끝엔
싱그런 봄 냄새는 어디로 가버리곤
뜨거운 여름 바람이 가득하건만

오늘은 어쩐지
내 여름이 부모님의 가을을
저만치 끝으로 내밀어 버린 것 같아
괜시리 늦단풍이 원망스럽다

겨울 그림자

그대의 어깨 위에도
하얀 겨울 그림자가 앉았다

낙엽 떨어지는 소리에도
눈물 겨워 했건만

어느덧 다가온 겨울이
그대와 내 그림자를 엮어내었다

낙엽 타는 냄새가
괜시리 그리워지는 하루다

성탄의 밤거리

뿌옇게 서리 낀 창
따스한 촛불 아지랑이는 별빛을 간질인다

양 떼의 비린내가 채 가시기 전에
별빛을 노래하던 그 밤

기름이 제 주인을 찾아 흘러 내려오던 밤
눈마저 숨죽이며 내려오던 그 밤
세 갈대마저 고개 숙이던 밤

포근히 안아주던 눈 덮인 지붕과
토사물 냄새 가득 섞인 개 울음소리

흘러가지 못해 고여버린 온기가
유난히 뺨을 붉히는 그 밤

도시 전체의 취기에
오늘은 유난히도
그 소리 그 냄새가 낯설더라
그 따뜻한 향기가 그리워지더라

나의 머리칼 끝부터 적셔오던 바람은

생의 끝에서

그 숭고한 시작에서

웃고만 갔을지도 모른다

그대에게 보낸다

마음 한구석이 아리다
풀잎이 부르는 노래에
내 마음은 한 조각씩
꼼꼼히 흩어져 버렸다

비가 내렸고
나의 모든 것은
온전히 떠나가 버렸다

아니 꼭 하나가 남았다
내 마음 모든 것을 비워주련만
오로지 그의 향기만은 남아
시내가 되어 흐르며
깊은 계곡을 남기고 갔다

언젠가 다시 낙엽이 불어오고
모든 것이 돌아올 날

세상 모든 축배를
그대와 함께
들고만 싶은데
계곡 어디에선가는
바람이 불어오는 듯하다

나를 나에게

물이 산에서 계곡을 따라
힘찬 발걸음을 내딛기 시작할 때
세상은 어딘지 모르게 맑았고
곳곳에는 푸른 잎사귀들이 손짓했더랬다

그러나 이윽고
넓따란 웅덩이를
가득 채워야 했을때

맑디 맑았던 물은
멈춰섬을 배웠더랬다

만 12개월을 정신없이 흘려보낸
어느 한 사람도
그저 망가져버린 거울 속을 들여다보며
어딘지 뿌옇게 멈춰섰더랬다

그저 말없이 손을 흔들며
옅은 미소마저 띄우며
그러나 이내 다시 뿌옇게 흐려졌더랬다

그가 처음 길을 나서던 날
세상은 웬일인지 향긋했고
곳곳에서 타다만 낙엽들이 춤을 췄더랬다

눈이 쌓인 오늘 밤
왜인지 뿌옇게 흐려진
눈 앞의 길을
발자국으로 가득 채워야 했을때

비로소 오늘이 되어서야
그는
멈춰섬을 배웠더랬다

무제

사무치게 울리는 날이다

뺨에 얼룩진
눈물 자욱 만큼이나
검게 타버린
어느 가을녘의 추억을 뒤로 한 채

오늘도 한걸음 더
저 길 끝에서 불어오는
심술궂은 휘파람 소리에게로
하루를 다 바치고

행여나 돌아볼까
고개를 갸웃대는
가을이 남기고 간 망집은
산 너머로부터 불어온 바람에
유리가루처럼 부수어져 흩날린다

흰 눈이 싸리비처럼
낙엽을 쓸어내는 지금

내게도
겨울이
그 따스한 품을 허락했나보다

봄, 그날

그저 감싸쥔 가슴은 요동칠 뿐이었고
하늘 밑의 아픈 기억들은
잡을 수조차 없이 흘러내릴 뿐이었다

손 끝에서 새로운 온기가 퍼져왔다
코 끝에서 옅은 향내가 풍겼다
씁쓰레한 맛이 혀를 파고들었고
갈 곳 잃은 눈은 어딘가의 풍경 속에 내리꽂혔다

그때 문득 나는
허물에 대해 생각하게 되었다

축축하게 젖어가며
어쩌면 내 가슴 한 켠에서
나와 함께 신음하고 또 울부짖었을
모든 기억들이
빗소리보다 빠르게 나를 등지고 있었다

애써 말려올라가다 만
가련한 입꼬리는
마지막까지도 내려두지 못한
알량한 자존심의 비극이었으리라

나는 처음으로 공기의 단내를 맡았고
이내 삶의 악취가 나를 찾아왔으며
뒤따라 밀려오는 짧았던 기억들과 함께
온 몸을 흔들며 소리칠 밖에는 없었다

찰나 속에는
어쩌면
하나의 생이 숨쉬고 있나보다

뿌연 야경

어두운 남산 모퉁이를 돌아가며
쓸쓸히 지나간 옛노래 한 자락
다시 돌아온 남산 공원의
별빛은 그다지도 높았다

흘러가는 개울물 위엔
세월의 파도와
잊혀 버린 사진 한 장과
뿌옇게 서린 야경뿐이었다

남산 그 겨울의 시간
그 사람의 촛불은 내 마음으로 와
활활 타오르는 밤이 되었다

축축하고 찝찔하던 밤의 속
홀로 빛나던 작은 불꽃은
남산 그 야경을
왜인지 뿌옇게 하고야 말았다

잊고 살아온 시간을 딛고는
다시 돌아간 남산의 그 시간

남산 어귀를 감돌아가던 개울 위엔
오늘 유난히 서린 두꺼운 안개와 함께
왜인지 뿌옇게 서린
외딴 야경뿐이었다

사실 그대가 잊혀지지 않아서

사랑이 식었다는 푸념과
실망 가득한 그대의 모습이 아프다

그대는
대수롭게도 울었고
가슴 한 켠에 치밀어 오르는

잊혀진 기억 저편에서
혀를 차며 부정하던
지나간 시절들이
지금 다시금 떠올라 온다

안녕이라는 말로도
아른거리던 그 뒷모습이
서럽다, 온 몸 바쳐서

사실 그대가 잊혀지지 않아서
나는 오늘도
그대를 잊어본다

사실 그대가 잊혀지지 않아서

오늘만큼은

한 줌씩 불어오기 시작한
하늘의 어둠은
어느새 눈물방울이 되어
널찍한 잎사귀를 건드려 온다

그 오래전 아득한 날에
대지의 품을 그리워한 하늘이
고통을 부여잡고 남기고 간
마지막 초록의 입맞춤이
내 어깨를 적시고 간다

다 타버린 화로 속 어딘가에
아직 남아 꺼져가는 불꽃처럼
나는 그대를 생각했고 지워버리고
다시 떠올리고 지워버렸다

화로 안에서인지 마음에서인지
그대를 닮은 회색빛 웃음은 피어올라
우는 하늘의 눈물방울에
마지막 숨도 내준다

돌 위에는 사랑을 새기고
땅 위에 사랑을 심어둔
약속의 이곳에서
오늘만은 편히 잠들어 보기를

잊었으나

그대가 떠나던 날
이른 아침 구름은
해맑은 자태로 울고 있었다

마을 끝 언덕에까지 올라
숨 가쁘게 바라보던
날아오르던 그대의 뒷모습은

강물 흐르는 속의 빗물처럼
하늘에 밀려가고야 말았다

한 철만 푸르렀던 잎사귀는
가지마다 아롱거리며
그대의 향기를 전해주건만

나는 다만
하릴없이 월말 편지지에
기적처럼 그대의 이름을 적고는
잊어버리곤 했던 것이다

떠나는 이의 뒷모습은
보내는 이의 가슴에서
아주 잊어버렸다

마지막 한숨도 토해낸 채
슬픔의 날갯짓도 함께 잊어버렸다

그래도 살아볼 가치는 있잖아

초판 1쇄 2021년 2월 25일

지은이 | 오태화

펴낸곳 | 문학여행
발행인 | 고민정
주 소 | 서울특별시 서대문구 연희로37길 77-13 402호
홈페이지 | www.bookjour.com
이메일 | contact@bookjour.com
전 화 | 1600-2591
팩 스 | 0507-517-0001
원고투고 | edit@bookjour.com
출판등록 | 제2021-000020호

ISBN 979-11-88022-39-7 (03810)

문학여행은 출판그룹 한국전자도서출판의 출판브랜드입니다.